KB106772

행복플러스에는

행복한 아이들이 산다

행복플러스 크는이 마당

행복플러스에는

행복한 아이들이
산다

초판 1쇄 인쇄 2016년 4월 18일
초판 1쇄 발행 2016년 4월 25일

지은이 행복플러스 지역아동센터
그린이 행복플러스 지역아동센터
펴낸이 강정규
펴낸곳 시와동화

등록번호 제2014-000004호
등록일자 2012년 6월 21일

경기도 부천시 소사구 성주로 86-4 ,104-402 (송내동, 현대아파트)
편집부 032) 668-8521, 팩시밀리 032)667-9521
이메일 kangjk41@hanmail.net

ISBN 978-89-98378-17-2 43810

저작권자 ⓒ행복플러스 지역아동센터 2016

행복플러스 지역아동센터
경기도 부천시 원미구 중동로14번길15
032-657-0192 / fax 032-657-0193
후원계좌 농협 301-0096-5012-71

·이 책의 저작권은 저자에게 있습니다. 저자와 출판사의 허락없이
내용의 일부를 발췌하거나 인용할 수 없습니다.
·값은 뒤표지에 있습니다.

행복플러스 크는이 마당

행복플러스에는 행복한 아이들이 산다

시와 동화

차례

중학교 2학년

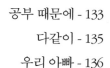

중학교 3학년

여름캠프 〈8.9~8.10 1박2일〉

부지협&기아대책과 함께한 사랑의 바자회(10.13)

중등 특성화 프로그램

작가 강정규 선생님과 함께(7.25)

제3회 지역아동센터 글·그림잔치 그림 부분 대상 수상 신하영 (2014.10.11)

행복누리 전시회 (12.20)

가족사랑 글짓기 대회 시상식(2015.6.3)

부천지역아동센터협의회 연합발표회(2015.12.28)

우쿨렐레(2015.12~)

방송댄스(2015.12~)

행복플러스에는
행복한 아이들이 산다

시와 동화

『행복플러스에는 행복한 아이들이 산다』 발간을 감사드립니다

행복플러스 원장 최정인

삼행시

한, 한사람이

부, 부모가 되어

모, 모두를 이끌어야 한다

집에 있는 자녀 셋과

센터에 있는 29명의 아동들은 가슴으로 품은 자녀들이다.

행복플러스 지역아동센터는 나의 남편이자 예지, 예찬, 하영이의 아빠시고, 목사님이신 고 신경직님이 어렵고 힘든 아이들에게 배움의 기회를 주고자 시작한 곳이다.

　한 부모가 되어보니 아동들의 마음을 읽게 되고, 한 부모가 된 이후 아동들의 이기적인 마음도 조금이나마 읽게 되었습니다. 한 부모가 되어보고 어떻게 하면 좋은지 느끼게 되었습니다. 때로는 힘이 들어 집에 와서 많이 울었습니다. 남편은 왜 이렇게 힘든 일을 시작하고 중도에 떠나 버렸는지 원망도 하고 때로는 접고도 싶었습니다. 그러던 중에 이 일이 내가 잘 할 수 있는 일이라는 것을 알게 되고, 이 일로 인해 슬픔도 줄어들기 시작했습니다. 엄청난 일이 벌어지더라도 내 마음을 차곡차곡 접으면 그 일이 정리된다는 것도 알았습니다. 아동들의 마음을 읽지 못했던 감정도 읽을 수 있는 힘이 생기니 사랑스럽기만 했습니다. 이 일을 통해 행복하고 감사하게 되었습니다.

미용사 ; 미그

초등학교 1학년

우리 가족 이야기

박단아

　나는 평범한 아이지만 내 엄마는 평범한 어른이 아니다. 우리 엄마는 중국어도 알고, 숫자도 알고, 한글도 알고 있다. 그리고 미용사 아닌데 내 머리를 잘 짤라 주신다. 그리고 중국을 안다.

　나는 그림을 잘 그려. 아빠는 미용사야. 우리 아빠는 지금 중국에 있어. 나는 아빠가 보고 싶어. 할아버지가 중국에 있었는데 한국에 와서 좋아. 우리 가족 이야기 끝.

내 마음

박단아

다 시계야
내 마음이
똑딱똑딱거려

추석

박단아

　엄마와 함께 뉴코아와 이마트에서 신나게 놀았다. 정말 재미있었다. 이마트에서 게임도 하고 뉴코아 놀이터에서 놀고, 책과 과일을 샀다. 그리고 한복 입고 절을 했다. 그 후에 친구 집에 가서 전도 만들고, 꼬치도 만들어서 먹었는데 정말정말 맛있었다. 추석이 정말 좋다.

내 남자친구 이사 간 이야기

박단아

    내가 좋아하는 남자친구가 날 좋아해. 나는 내 남자친구가 멋져서 인형극을 했었는데 이사를 갔다. 근데 이사 가기 전에 내가 가지 말라 했다. 그리고 쫄았다. 그래서 남자친구가 미안하다고 갔는데 새로 전학 온 남자애가 왔다. 그래서 개랑도 사겼다. 근데 보고 싶어서 울고불고 했다. 그래서 전화했는데 내일 만나자고 해서 만났다. 그리고 어른 돼서 만나면 결혼을 하자고 했다.

이빨

박단아

이빨 씌우느라 고생했다
윗니 씌웠다
조금 아프다
그리고 늦게 끝났다

나의 소원

송하경

난 부모님 말씀을 잘 듣고 싶다. 아빠한텐 안 혼나고 싶고, 엄마한텐 약속을 잘 지키고 싶은데 나는 그게 잘 안 된다. 나의 소원이 꼭 이뤄지면 좋겠다.

사랑

송하경

사랑이란 무엇일까?
"아아, 사랑은 사랑 일거야."
"아냐, 사랑은 어른들이 주는 선물일 거야."
"아냐, 사랑은, 진정한 사람이 주는 선물이야."
맞아 맞아 셋 다 맞아

슈퍼문

송하경

슈퍼문은 크다.
"얼마나 클까?"
한번 달 가까이 가고 싶다.
"그럼, 우주에 가는 걸까?"
그건 모른다.
엄마한테 물어봐야지

아빠의 성질

송하경

우리 아빠는 아침마다 성질쟁이
내가 밥 늦게 먹는다고,
"시간없어 빨리 먹어 임마."
그러면 가만히 있을 내가 아니죠.
"알겠어, 아빠는 성질 좀 내지마."
우리 아빠는 왜 화를 낼까?
화낼 때 화내지 왜 아무 때나
화내고 하루종일 화낼까?
그 이유는 모르겠다.

우리 가족의 별명

송하경

우리 아빠는 화쟁이, 술쟁이
우리 엄마는 뽀뽀쟁이
나는 심술쟁이
동생은 장난꾸러기, 개구쟁이, 나쁜 말쟁이

엄마가 될 거야

신하연

어제 나는 엄마하고 놀이공원에 갔다. 나는 엄마하고만 놀아서 좋았다. 난 엄마가 좋아. 나는 커서 엄마가 될 거야. 엄마 사랑해요

엄마하고 아빠의 싸움

신하연

엄마랑 아빠가 쿠키런 게임을 하고 있는데 아빠가 이겼습니다. 엄마가 다시 하자고 했는데 아빠가 싫다고 했습니다. 그리고 그 후로 두 시간 뒤에 엄마가 아빠와 다시 시합을 했습니다. 이번에는 엄마가 이겼습니다. 아빠가 처음엔 이겼으니깐 아빠가 이겼다 우기고 엄마는 엄마가 이겼다고 우겼습니다. 그리고 다시 싸웠습니다. 그래서 가위 바위 보를 했습니다. 엄마가 이겼습니다. 아빠는 엄마하고 말을 안했습니다. 자고 일어났는데 아빠가 귀걸이를 사다줬습니다. 그래서 엄마는 화가 풀렸습니다.

콩나물 가족

신하연

엄마가 나한테 콩나물 사오라고 하셨다.
나는 동생에게 시켰다.
그런데 동생은 아빠한테 사오라고 했다.
아빠는 동생에게 시키고,
동생은 나한테 다시 시키고,
나는 엄마한테 시켰다.
결국 엄마가 콩나물을 사러 갔다.

착한 우리 엄마

신하연

우리 엄마는 착해
엄마는 동생이 오줌 쌌는데
울어서 괜찮다고만 했습니다.
혼내진 않고 엄마는 착해

초등학교 2학년

38 행복플러스에는 행복한 아이들이 산다

엄마 아빠 고맙습니다

민지영

저를 키워주셔서 고맙습니다
사랑해요
천국 갈 때까지 사랑해요
죽을 때까지 사랑해요
민지영 올림

예쁜 선생님

민지영

선생님은 예쁘다
웃기도 한다
재미있는 이야기도 해주신다
재미있다
웃기면 재미있다
그래서 선생님은 예쁘다

별

민지영

별은 예쁘다
왜냐면
국자도 되니까

선생님도
별처럼 예쁘다
별도 예쁘다

나쁘든 착하든 모두 다 오순도순

소혜령

오순도순 오순도순

미국, 중국, 한국, 일본, 프랑스, 터키, 몽골,

베트남, 인도, 인도네시아 등등

오순도순 함께 하는 세상 요리사, 가수,

디자이너, 선생님, 배우, 의사,

간호사, 직장인들도 오순도순 함께하는 세상

형제, 자매, 외동과 부모, 아빠, 엄마, 남매, 쌍둥이,

삼둥이, 할아버지, 할머니 가족들

오순도순 함께하는 세상 목사, 집사, 전도사, 성도, 장로, 권사

교회 사람들도 오순도순 함께하는 세상

빨간 모자

소혜령

빨간색 모자 동글 무늬
빨간색 모자 이쁘다.
빨간색 모자 조그만 해
빨간색 모잘 쓰면 토마토
빨간색 모잘 쓰면 딸기
빨간색 모잘 쓰면 자몽

우리 집 우체통

소혜령

우리 집 우체통 문을 열면

편지 있을까

그런데, 만날 세금만 내라는거야

우리 집 부자 돼야 하는데

거지가 될 것 같아

거지가 안 되길 바래

자매 싸움

소혜령

언니와 내가 싸운다

엄마가 화낸다

언니가 때릴 때 내가 울면

언니만 혼난다

이상하다

나이 차이가 많이 나서

마음이 안 통한다

큰언니, 작은 언니 나이차이 세 살이 난다

큰언니와 나의 나이 차이 여덟 살 차이가 난다

나, 작은 언니 나이 차이는 다섯 살 차이 난다

왜 이렇게 나이 차이가 많이 날까?

그건 그렇고 왜 싸우는 지가 더 궁금하다

저금통

소혜령

저는 저금을 잘 해요

일년도 안 돼서 저금통을 다 채웠어요

저는 동전이 생기면 무조건 저금해요

종이돈은 엄마한테 줘요

엄마가 통장에 넣어 줘요

정말 좋아요

전 어른이 되면

통장에 저금한 돈으로 살 거에요

부자가 될 거에요

초등학교 3학년

48 행복플러스에는 행복한 아이들이 산다

독서 시간

김지은

나는 행플 공부방을 다닌다.
공부방에서 독서 선생님께서
책을 읽어 주셨다.

우리가 읽는 것보다
선생님께서 읽어주시면
더 재밌다고 생각한다.
앞으로 선생님이 많은 책을
읽어주시면 더 좋을 것 같다고
생각한다.

저축은 힘들어

김지은

나는 저축을 하려고 해도
돈이 생기면 자꾸 다 쓰게된다.
내 통장이 생겼다.
통장에 입금을 하려고
돈을 가지고 가는 길
또 문구점을 가게된다.
저축은 너무 힘들다.

TV 채널

심보희

TV에서 영화가 나온다.

채널을 돌렸다.

홈쇼핑 방송을 한다.

또 돌리고 돌리고 돌리고 돌렸다.

만화가 나온다. 가만히 만화를 봤다.

아빠가 오셨다. 떨린다.

내 예상대로 아빠가 17번으로 돌렸다.

개그 방송을 한다.

도서관

심보희

도서관에는 책이 많다.

사람들이 앉아서 읽기도 하고

빌려서 집에서 읽기도 한다.

동화책, 글만 있는 책, 이야기가 긴 책

모두 모두 재미있다. 그리고 조용히 해야 한다.

원랜 한 번도 안 가봤다. 친구가 알려 준거다.

꼭! 가보고 싶다.

맨날 맨날 심심해

심보희

맨날 맨날 심심해
놀아도 놀아도 심심해
놀고 놀고 또 놀아도 심심해
어떻게 하지?

바람이 불어

심보희

바람이 불어
솔솔 살랑살랑 쌩쌩
난 '살랑살랑'이 좋아

바람이 불어
바람이 불면
코트도 흔들흔들
모자도 흔들흔들
머리가 살랑살랑

손가락

심보희

한손에 다섯 손가락
매일 같이 다니네
다같이 오순도순 지내네
행복하게 붙어 다니네

아빠 감사해요

심보희

오늘은 어린이날이라 난 아침 일찍 일어나 빨리 씻었습니다.

"아빠! 오늘 어린이날이에요!"

"그래. 아빠도 안다. 그러니 마트가자!"

우리는 마트에 가서 장난감코너로 들어갔다. 나는 레고를 가리켰다. 가격이 엄청났다. 하지만 아빠는

"그래, 우리 보희 이거 사줘야지."

라고 하시며 레고 두 박스를 골라 계산대로 갔다. 우리는 계산을 하고 집으로 돌아가서 레고를 맞추었다. 맞추다보니 저녁이 되었다. 나는 아빠가 가계부를 쓰시는걸 보았다. 벌써 마.이.너.스가 되어버렸다. 하지만 아빠가 하시는 말은,

"보희가 좋아하니 난 좋구나. 하하하!"

아빠…… 감사해요.

우리 가족

심보희

 안녕하세요? 저는 심보희입니다. 저희 가족에 대해 소개할게요. 일단 저희 아빠. 무섭지만 제가 사 달라는 건 거의 사줘요. 동물을 무척 싫어해요. 그리고 제 애교에만 넘어가요. 그리고 다음엔 우리 엄마. 잔소리가 많고 화도 내지만 요리를 잘해요. 그리고 저! 올해 3학년이에요. 머리는 단발, 안경을 썼어요. 다들 나보고 예쁘다하지만 아닌 것 같아요. 친구들이 공부도 잘한 대요. 친구들이 그렇게 말하면 기분이 좋아요. 그리고 제 꿈은 유명한 유튜브 크리에이터입니다. 이미 유튜브 크리에이터인 친구가 도와주고 있어요. 그리고 엄마, 아빠에게도 효도할거예요.

지하철

심보희

지하철 의자에 앉았다.
아줌마 둘이 얘기하며
내 쪽으로 온다!
으아아!
아줌마 둘이
나를 밀쳐내며 저리가!
왜 그러세요.
제 자리에요.
어쨌든 비켜!
(배려 좀 해줘요!)

초등학교 4학년

김태건 . 개미
고구마
맛있는 음식
선풍기
외할머니께

민다영 . 개나리
가족
엄마, 아빠 죄송해요

2016.1.25

민다영

개미

김태건

영차영차 열심히 일하는 개미
모두 다 같이 힘을 모아 영차영차 일하는 개미들
겨울을 준비해 먹을거리를
갖고 오는 개미.

고구마

김태건

뿡 뿡 방귀가 나온다.
그래도 맛있고 담백한 고구마
내 입맛에 딱 맞다.
음— 맛있어 너무 맛있다.
다음에 또 먹어야지

.

맛있는 음식

김태건

맛있는 음식이 많다.
떡볶이, 꼬치, 짜장면, 오뎅, 순대, 볶음밥,
과자, 과일, 빵, 아이스크림, 주스, 밥, 갈치,
떡갈비, 갈비, 고기, 삼겹살, 오징어, 탕수육
보다 많다. 이렇게 맛있는 음식이 많다니
우리나라는 행복하다.

선풍기

김태건

선풍기는 우리한테 시원한 바람을 준다.
우리는 선풍기한테 바람을 주지 않는다.
선풍기는 덥겠다.

외할머니께

김태건

안녕하세요? 저 태건이에요. 할머니 고마워요. 가끔씩 집에 오서서 밥해주시고 청소도 해주서서 고마워요. 외할머니 있잖아요. 저는 할머니가 없으면 안 좋을 거예요. 할머니 미안해요. 제가 저번에 화를 냈잖아요. 제가 모르고 말이 나와서 그런 말을 했어요. 할머니 죄송해요. 다음에는 그러지 않을게요. 할머니 돌아가시면 안돼요. 100살 더 많이 사세요. 할머니 제발 돌아가지 마세요. 그게 제 소원이에요, 알겠죠 할머니? 할머니 감사하고, 죄송하고 고마워요, 할머니 제발 오래 사세요. 할머니 꼭 오래 사세요.

2015년 5월 6일 수요일 태건 올림

개나리

민다영

담장에 걸쳐져 있는 개나리
노란 꽃인 개나리
환한 색이 너무 예쁜 개나리
개나리를 보면 왠지 마음이
환해져서 난 개나리가 좋아
봄이 왔다는 신호를 알려주는 개나리

가족

민다영

    우리 엄마, 아빠는 모두 일을 다니신다. 아빠는 회사에 다니고, 엄마는 공방을 하셔서 봉사 활동도 하고, 손그림도 그리고, 컬러비즈란 것도 하신다. 아빠는 회사에 다니셔서 늦게 오실 때도 있고, 일찍 오실 때도 있다. 그런데 나는 회사 일이 쉬운 줄 알았는데 아빠는 매일 힘들어 하신다. 그런데도 아빠는 애써 기쁜 모습으로 오신다. 난 그런 아빠가 너무 좋다. 가끔 엄마, 아빠가 말싸움을 하실 때도 있다. 나는 그 때 무서워도 용기내어 '싸움 하지 마세요' 라고 얘기한다. 그러면 엄마, 아빠는 싸우는게 아니고, 그냥 말을 하는 것뿐이라고 말씀하신다. 나는 엄마랑 아빠가 그렇게 소리내어 싸우시는 줄 몰랐다. 나는 우릴 위해 참으시는 엄마, 아빠가 좋다.

엄마, 아빠 죄송해요.

민다영

　난 오늘아침 지영이와 다투었다. 나는 엄마한테 혼이 났다. 지영이와 또 싸우면 또 많이 혼난다고 하셨다.

　또 어제는 지영이가 수학문제집을 가져와서 오늘 아침에 풀게 되었다. 엄마는 잔뜩 화가 난 얼굴로 지영이에게 수학공부를 알려 주었다. 나는 엄마가 화장실에 간 사이 지영이에게 수학공부문제를 가르쳐주었다. 나는 지영이에게 내가 수학공부 문제를 가르쳐 주었다고 엄마께 말씀드리지 말라고 신신당부를 하고 등교준비를 하였다. 그런데 1교시가 시작되기 전 엄마가 문자를 보내셨다.

　"다영아 엄마가 오늘 아침에 화내서 미안해. 오늘 엄마 기분이 안 좋아서 다영이, 지영이한테 화풀이를 한 것 같아서 이렇게 문자를 보냈어. 엄마는 다영이 지영이 장래가 걱정 돼서 그렇게 화를 낸 거야 화내서 미안해……."

　나는 그 문자를 보고 마음이 울컥했다. 난 다음부터는 엄마께

잘해야겠다고 다짐했다.

어버이날 저녁에 생긴 일이다. 학교에서는 오늘이 어버이날 이라서 카드를 만들었다. 선생님께서는 카드가 잘 전달해져야 하는 게 아니고 받은 사람에게 내 마음이 잘 전해져야 된다고 말씀 하셨다. 그래서 나는 정성을 담아서 예쁜 카드를 만들었 다. 어버이날 저녁 난 아빠가 회사에서 오시기전에 엄마께 먼저 카드를 드렸다. 엄마는 너무 예쁜 카드라고 칭찬해 주셨다. 아 빠가 오시자 나는 아빠께 카드를 드렸다. 아빠는 매우 만족하셨 다. 그런데 아빠는 장난으로 카드 글씨 수를 세셨다. 아빠는 56 자 엄마는 66자가 나왔다. 나는 아빠가 장난친 것도 모르고 울 고 말았다. 아빠는 나를 달래 주시며 장난이라고 말해 주셨다. 나는 왠지는 모르지만 아빠께 우는 모습을 보여드려서 죄송했 다. 엄마, 아빠! 죄송해요.

초등학교 5학년

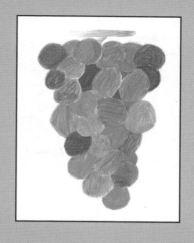

급식전쟁

김건아

딩♪—동♫—댕♪—동♫—
급식시간이다.
아이들이 일제히 급식실로 몰려간다

먼저 가려고 다투는 친구
다른 아이들 다리 걸고 도망치는 친구
단체로 가다가 당하는 친구

나는 천천히 걸어간다
"저렇게 가면 뭐해?"
"어차피 늦게 가도 다 똑같이 받는데."

도서관

김건아

도서관에 간다.

끼익— 탁!

책을 읽으러 왔다.

어? 이 책 재밌겠네

그런데 이 책도 보고싶고

한 권만 읽으면 수업시간이 되는 상황이다.

이 책을 읽자

책을 읽고 수업시간이 돼서 수업을 하러갔다.

아직도 못 본 책이 마음에 걸려서 잠도 못잔다.

다음날 도서관에 가서 그 책을 빌리려는데 없다.

어디갔지? 사서 선생님께 여쭤봤다.

미안, 다른 학생이 빌려갔어.

방학 숙제

김건아

개학 5일전
방학숙제 진행률 0%

큰일이네!
써야하는 일기는 총 36편
두시간만에 다 썼다.
4일전, 방학숙제 진행률 20%

이제 현장 체험을……
3일전, 방학숙제 진행률 40%

독서록도 12편 쓰기!
세시간만에 다 썼다.

2일전, 방학숙제 진행률 80%

종이접기!
1일전 방학숙제 진행률 100%

개학 후
방학 때 뭐했니?
죽을뻔 했어요

지옥철

김건아

지하철을 탄다
현재 시각은 오전 8시 30분
다음 역에 도착하니 사람들이 몰려온다.

몰려온 사람들이 모두 탔다.
지하철이 좁아졌다.
인내심도 점점 좁아진다.

주말이어서 사람들이 많이 모였다.
그러다보면 한번쯤 떠오르는 발칙한 상상
'다 나가주세요 혼자 있고 싶습니다.'

도레미

함서영

도레미
짠짠짠
미레도
짠짠짠짠짠
도레미
동동동
박자에 맞추어
짠동 짠동동짠……
빨리 배워 짠짠짠
피아노를 쳐야겠다
짠짠짠 짠짠쨘……

구름 사탕

함서영

구름사탕
냠냠냠
맛있겠다
구름사탕은
무슨 맛일까?
쩝 맛있겠다
먹으면
어떤 기분일까?
달콤한 것 같은
구름사탕
쩝쩝쩝 맛있겠다.

반짝반짝

함서영

반짝반짝 돈

반짝반짝 별

반짝반짝 빛

반짝반짝 달

반짝반짝 모든 것

아! 참 사람도

반짝반짝

변성기

함서영

큼큼
변성기가 왔나
나는 태어날 때부터
변성기다
목소리가 항상
쉰 목소리
나는 맨날 변성기

초등학교 6학년

나의 시험

유명균

시험을 보았다.
시험점수가 나왔다.
다른 애들은 햇빛이 나오는데
나는 눈물이 내린다.
집에 들어가서 한소리 듣고
공부를 했다.

부자와 부모님의 차이

유명균

부자는 할 수 있는 것이 많다.

부자는 행복해질 수도 있다.

하지만 불행할 때도 있다.

불행할 때 행복하게 해 주는 것은 부모님

부모님은 우리를 행복하게 한다.

그로서 우리는 부자보다 부모님이 더 좋다.

엄마

유명균

　엄마는 중국에 계신다. 나는 할머니 할아버지와 같이 산다. 가끔씩 엄마가 보고 싶은 마음이 든다. 그런데 나는 참는다. 엄마가 중국에서 오시려면 엄청난 돈이 드니까 나는 그런 엄마를 위해서 참고 또 참는다.

　나를 위로해주는 것은 친구이다. 나와 매일 붙어 다니는 친구다. 그 아이는 손재주가 있어서 나를 손재주로 놀라게 한다. 그래서 친구가 참 좋다. 그리고 시간이 되어 집에 오면 엄마한테 국제전화로 연락이 온다. 그럴 때 아주 기쁘다. 그리고 전화로 오늘 있었던 일을 얘기하고 집에서 씻고 잔다.

전화

유명균

지하철을 탔다.

모르는 사람이 지하철에서 크게 전화를 한다.

시끄럽다.

사람들은 내릴 때까지 참는다.

참고 또 참는다.

사과

윤태영

사과를 하면 긴장이 된다
친구 앞에 가서 용서를 빌고 사과하면
답답한 마음이 풀린다
그래서 사과할 때가 좋다

중학교 1학년

고백

김두나

"있잖아 나, 너 좋아해."
우리는 거의 다 고백을 그렇게 한다.
그렇게 안 하는 사람도 있다.

나는 솔로다.
너는 커플이다.
내가 솔로라도 난 슬프지 않다.
커플이 되면 돈 쓸 일이 늘어나고,
잘 싸우게 될 거 같기 때문이다.

힘든 하루하루

김두나

따돌림을 당한 나!
너무 힘들다.
나는 매일 몰래 몰래 숨어서
흑 흑 하며 운다.

속상할 땐 어떻게 하면 좋을까?
나는 매일 매일 생각해본다.
내가 좋아하는 요리를 하면
나는 그래도 기분이 좋아진다.
헤헤헤
칙칙 보글보글 띵 하며
요리를 끝낸다.

힘든 하루하루 내 인생이 나도
왜 이런지 모르겠다.

강정규 선생님

김두나

강정규 선생님?
아! 생각났다. 동시와 글을 쓰시는 분
문이령 선생님의 남편 분
내일 오신다던데 어떻게 하지?
설렌다.

다음날
오셨다.
감사합니다. 감사합니다.
그 다음은 내 차례이다.
감사합니다. 아싸 책 받았다.
ㅎㅎ
책을 주시면 열심히 읽어서 공부를 잘 해야지
안녕히 가세요.

다음에 또 오세요.

감사합니다.

우리 외할머니

김두나

    나는 우리 외할머니를 소개하려고 한다. 외할머니는 자주 우리 집에 놀러 오시는데, 오실 때마다 언니가 화를 내서 할머니 마음이 많이 아프신 거 같다. 나는 외할머니께 화를 잘 내기 싫지만 기분이 안 좋을 때 다른 사람에게 화를 내는 거 같다. 언닌 사춘기가 왔는지 조그마한 일에도 화를 낸다. 나는 그럴 때면 짜증이 난다. 하지만 그래도 나는 언니에게 화를 낼 수가 없어 너무 너무 마음이 답답하다. 언니한테 뭐라고 그러면 분명 언니가 때릴 것 같아서 그렇다. 나는 그래서 언니 기분을 맞추어 주려고 노력한다. 그렇지만 아무리 그래도 언닌 할머니께 화를 낸다. 나는 할머니가 불쌍한 것 같다. 다리가 아프신 데도 우리를 위해 와주시고 빨래 해주시고, 밥 해주시고, 이불이 다 떨어지면 사서 갈아주시는 그런 분. 나는 외할머니가 너무 좋다. 외할머니는 맨날 우릴 위해 애쓰시는 그런 분, 외할머니가 너무 존경스럽다.

외할머니께서는 곧 다리수술을 하신다. 나는 수술이 잘 됐으면 하지만 할머니께서는 언니 땜에 죽고 싶다는 생각을 하실 것 같다. 하지만 그래도 나는 외할머니를 위해 노력을 할 거다. 수술 전만이라도 잘 해드리려고 한다. 그렇지만 언닌 그러지 못할 것 같다.

『개똥 치우기』를 읽고

김두나

    나는 이 책을 읽고 개똥을 치워봐야겠다는 생각도 들었다. 나도 공원에서 쓰레기를 줍고, 쓰레기 주운 것을 그려 볼 것이다. 연우는 개똥 치우는 것이 나라를 소중히 여기는 것이라고 처음에 생각 안한 것처럼 나도 처음에 공원을 치우고 봉사하는 게 나라사랑인지 몰랐다. 하지만 이젠 중학생이 되어서 알만한 것은 웬만하면 다 알고 있다. 개똥이 더러우면 우리들의 똥이 더러운 것이나 마찬가지이다. 개가 싫으면 사람들이 싫은 거나 마찬가지이다.

붕어빵

김민상

맛있는 붕어빵
붕어 맛은 안 나지만
빵이고 안에는 팥, 슈크림이 있다.
나 혼자 먹으면 너무 많으니
나눠먹어야지 얌얌.

『몬스터 주식회사』

김민상

몬스터 주식회사의 사장과 주인공들의 사투를 그린 것이다. 사장이 아이는 독성이 없는데 있다고 거짓말까지 치면서 비명 에너지를 모아서 이 세계에 에너지를 공급한다. 하지만 주인공은 여러 가지 경험을 통해 비명 에너지보다 웃음 에너지가 훨씬 효율적이란 것을 알게 되었다. 그래서 사장을 내쫓고 웃음 에너지로 움직이는 사회를 만들었다.

시험기간

김민상

　가끔 아빠는 공부하라고 한다. 하지만 난 하지 않는다. 그러나 영어는 다르다. 영어는 조금이라도 한다. 그러나 시험 볼 때면 점수는 비슷하다. 나쁘진 않지만 좋지도 않다. 이번엔 수학도 망쳤다. 짜증난다. 하지만 시험이 끝나면 친구들이랑 놀러 다니며 스트레스를 풀 것이다.

일기예보 시간

노한음

텔레비전
일기예보 시간

할머니가 살고 계신 시골은
며칠째 우산이다.

어제도 비
오늘도 비

아, 할머니 팔다리
얼마나 아프실까?

비야, 비야
제발 우리 동네로 모두 오렴

풀벌레

노한음

가을밤에 풀벌레가
울고 있어요.

마른 풀잎 속에서
울고 있어요.

봄 여름 신나던
나뭇잎 푸른 악보

어디로들 갔나
찾고 있는 걸까요?

하얀 꽃

노한음

하얀 꽃을 당신이 웃고 있는

영정 앞에 살며시 내려놓습니다.

나는 마음이 아프고 아픈데

영정 속 들어있는 당신은

그저 웃고만 있습니다.

말을 걸어도 아무 말 없이

웃고 있는 당신이

그저 밉기만 합니다.

같이 대화하고 싶어도

이제는 대화도 못하는 당신

하얀 꽃을 보고 당신을 떠올리며

햐얀 꽃을 보고 슬며시 울고 있고

하얀 꽃을 보며 그저 말없이

주저앉습니다.

하얀 꽃을 보며……

우리집은 둘입니다

노한음

저는 남들에게 말하기 힘든 비밀이 있습니다. 다른 가족과 달리 지금 저에게 가장 필요한 엄마가 없습니다. 그리고 저는 더더욱 슬픕니다. 언니도 오빠도 제 곁에 있지 않습니다. 전부 다 많이 보고 싶지만 1년에 한번 볼까말까 합니다. 오빠는 군대에 가 있고 언니는 아빠와 싸워서 엄마한테로 갔습니다. 아빠랑 같이 있어도 저는 그저 외톨이가 된 것 같습니다. 아빠도 가끔은 늦게 돌아오시는데 그럴 때면 난 더더욱 외톨이가 된 것 같습니다. 나의 빈자리를 채워주는 사람은 아무도 없는 것 같습니다. 지금 내 나이 때 제일 필요한 엄마의 빈자리, 핸드폰으로 전화나 문자, 카카오톡으로만 서로 잘 지내고 있는지 어디 아픈 데는 없는지 안부를 묻고 그럽니다. 저는 더더욱 슬픈 게 있습니다. 아주 많습니다. 생일이면 둘이서만 축하해 주고 생일이면 아무것도 해주지도 못하고 그저 메신저나 전화로 "생일 축하해", "생신 축하드려요." 라고만 전합니다. 생일이면 집에서 미

역국도 못 먹고, 학예회나 이번에 있을 졸업식 때도 오지 못합니다. 정말 이맘때가 되면 저는 슬픔에 잠기고 맙니다. 애써 참으려던 눈물도 한 방울씩 나오다가 나중에는 폭포가 쏟아집니다. 나보다도 힘들고 더 어렵게 사는 사람들이 정말 많이 있다는 것도 아는데 내 생일이나 졸업식만 되면 내가 더 슬픈 것 같습니다. 내 상처들을 누구에게도 말하지 못할 것 같습니다. 하지만 용기내서 이렇게 써봅니다. 제 주변에 믿을만한 사람이 없는 것 같아서 입 열기도 두렵습니다.

친구들은 생일이 되면 자신이 주인공이 되고, 생일파티도 하고, 친구들과 놀러 다니는데 저는 그런 것도 전혀 없습니다. 초등학교 2학년 때부터 제 생일파티라는 건 있지도 않았습니다. 남들에게 축하받는 친구가 참 부럽기만 했습니다. 저는 제 생일이 그냥 평범한 아주 평범한 일상이었습니다. 저는 생일선물을 주고 축하만 해줬지 축하를 받아보지는 못한 것 같습니다. 남들에게 말하지 못할 비밀을 글로 써보니 나는 외톨이가 아니라는 것을 조금은 깨닫는 것 같습니다. 생일 뿐 만이 아니라 이번에 저는 졸업을 합니다. 그런데 그 졸업식에는 아빠가 오실지 안 오실지도 모르는 그런 날이 될 것 같습니다. 졸업 축하한다고 말을 듣지도 못하는 그런 날, 아니 평소와 똑같은 날이 될 것 같습니다.

졸업식 때면 친구들의 가족들은 다 와서 친구는 축하를 받는 그런 모습도 생각이 나는 것 같습니다. 남들이 졸업식을 하고 밥을 먹으려고 축하를 받으며 웃는 날에는 저는 졸업생이 아닌 것 같이 느껴집니다. 평소에 살아가면서 잘 웃고 어울려서 노는 것 같은데 왜 내 마음속에 상처들을 꺼낼 때면 외톨이가 된 것 같이 느껴지는 걸까요? 친구들의 집에 가면 엄마들이 "어서 와" 라고 하시는데 제 집에 가면 그저 조용합니다. 친구들 곁에 엄마들이 있는 모습을 보면 되게 부럽습니다. 저도 엄마가 돌아가신 것도 아닌데 왜 이리 왜 그리 슬퍼지는지 나의 상처는 더욱더 악화되고 커지고 마음고생이 심해졌는지, 남들은 하하 호호 웃는데 나는 거기에 낄 수 없는 건지, 다들 엄마를 자랑하면 저는 "나는 엄마랑 같이 안살아" 라고 밖에 말할 수 없는 건지, 그저 '이혼' 이라는 말 단지 그 한마디 때문에 친구들과 적이 되는 것 같은지, 어울리지를 못하는지 모르겠습니다. 그리고 엄마 이야기만 꺼내면 저도 한마디를 하고 그 자리를 슬그머니 피합니다. 아빠에게는 도저히 말할 수 없고 엄마에게만 말할 수 있는 그런 게 있는데 글로 쓰기도 부끄러워서 차마 쓰지는 못하겠습니다. 저도 다른 사람과 다르지 않은 같은 사람인데 남들보다 내 상처가 더 큰 거 같습니다. 아빠가 다른 사람과 결혼해서 그 사람이 나의 엄마가 된다 해도 나는 절대 그 사람에게 엄마라고 부르지 않을 것입니다. 나는 내 엄마가 있고 그 엄마의 하나뿐인 자녀이기 때문에, 엄마의 뱃속에서 태어나 이 자리에 있기 때문에 저한테는 그저 엄마는 하나라고 얘기한 것입니다. 학교나 그런 곳에서 가족과 함께하는 등산이나 체험 그림 그리는 것을 하면 저는 못할 것 같습니다. 다른 가족의 식구는 3명 이상이 될 수도 있는데 저는 그저 저와 아빠가 끝이기 때문입니다. 그래서 저는 센터와 교회를 다니면서 많은 것을 생각하고 많은 것을 체험하고 감사할 수 있었던 것 같습니다. 그런데 이제는 저도 당당하게 일어설 수 있을 것 같습니다. 남들 앞에 부끄럽지 않고 당당하게 살 것입니다. 많은 것을 체험해 상도 타서 효도도 해보고 돈도 많이 모아서 아빠 어디 가보고 싶으신 곳도 보내 드릴 것입니다. 아니 그럴 겁니다. 남들도 한 부모 가정 속에서 살아가는 사람도 많을 텐데 저는 제 생각만 한 것 같습니다. 앞으로는 당당하게 설 날도 얼마 남지 않은 것 같습니다. 그리고 남들이 부러울 정도로 아빠와 행복하게 살 것입니다. 살다보면 많은 시련이 온다고 그랬는데 그게 아마 생일이나 졸업식이 아닐까 싶습니다. 그리고 저는 엄마 아빠 결혼기념일도 모르는데 잘 사시는 아빠를 보면 배울 점이 참 많다고 생각합니다. 아빠도 이혼했을 때는 마음고생도 심하셨을 텐데 그것을 견뎌내시는 것을 보고 정말 우리 아빠는 멋지다고 생각했습니다. 아빠, 앞으로도 방청소 열심히 하고 아빠 말도 잘 들을테니까 아빠도 오래오래 사세요 사랑해요!

나의 꿈

이경호

나의 꿈은 축구선수다
축구는 참 재미있다
축구하면 힘들 때도 있지만
그래도 재미있다

나는 축구시합 할 때 많이 떨린다
그래도 열심히 한다
나는 꼭 커서 축구선수가 될 것이다

학교

이경호

학교는 싫다

공부도 많이 하고 힘들고 졸립다

하품도 난다

그래도 나는 체육이 재미있다

체육을 하면 뛰니까 재미있다

전학

이경호

우리 아빠는 목사님이시다
교회 때문에 이사를 왔다

나는 전학을 했다
친구들이랑 헤어지게 돼서 너무 슬펐다
나는 거기 다니던 친구들이 좋다

그 학교로 가고 싶다
친구들이랑 같이 공부하고 싶다
같이 놀고 싶다

다리 밑 고양이

최현아

고양이가 달려가는 곳
다리 밑 고양이가 집으로 생각하는 곳
돌아오길 바라며 기다리는 곳
다리 밑 주인과 함께했던 곳
다리 밑 떠나지 않은 고양이

벚꽃

최현아

나무에 분홍색과 흰색이
섞인 꽃이 폈네
이 꽃은 벚꽃이네

이 꽃처럼 아리따운
사람이 어디 있을까?
활짝 핀 꽃 참 아름답다

독도

최현아

독도는 우리 땅
일본아 물러가라
독도는 우리 땅이야
일본은 거짓 정보 내놓고

우리나라는
진실 정보를 내놓는데
일본의 욕심은
한계를 넘은 것 같다

밀당

최현아

오빠는
밀당을
하는 것 같다

나를
화나게
하다가

기쁘게
해주고

밀당은
이런 느낌일까?

엄마

최현아

우리 엄마
오빠와 나
때문에 고생한다

엄마에게
쉬는 날은
언제 올까?

엄마는
힘들어
보인다

민들레

최현아

살랑살랑
흔들흔들

노란 꽃
조금 며칠
지나면

폭탄머리
폭탄머리
터지기 전에

후!
불어야지

별

최현아

이쪽 별
저쪽 별을
이으면 신기한 모양
내 맘대로 이으면
내가 만드는 별자리

별은 아침에
나랑 숨바꼭질
밤에는 내 친구

내 친구
셀 수 없다

친구랑은
언제나 함께

시험

함희서

참새는 좋겠다
시험도 안치고
공부도 안하고
나는 내일이 시험인데도
놀고만 있다
시험은 어떻게 될까?
잘 나오면 좋겠다

중학교 2학년

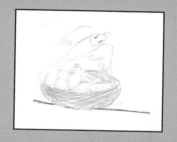

집에 가는 길

가예진

집에 가는길엔
수많은 식당과 사람이 있다
북적북적

시장 안에 들어가면
재잘재잘
시끄러운 소리만 가득하다

어둠뿐인 골목길
바람이 쌩쌩 분다
한없이 가고나면

벌써 우리 집에 도착한다
우리집 앞에
눈이 많이 쌓여 있다

상처

가예진

길을 가다 넘어졌다

무릎에서 피가 난다

따끔따끔

무릎이 아프다

눈물이 찔끔 나온다

친구들이 나한테 괜찮냐고 물었다

난 괜찮다고 답했다

마음속에서는 괜찮지 않았다

보건실에 갔다

선생님께서 소독약을 발라 주셨다

난 금방 괜찮아졌다

돈

가예진

돈돈돈
천원, 만원, 등등
부자는 돈이 많다 하지만
돈이 많다고 행복하진 않다
난 아이스크림을 먹고 싶다
하지만 돈이 없다
나도 돈이 있었으면 좋겠다
지갑이 두둑했으면 좋겠다

혼자와 함께

가예진

혼자 학교에 있다 나만 수학여행을 못갔다

혼자 있는 학교엔 시간이 너무 안 간다

혼자 도서실에 있었다

혼자 있는 도서실엔 지루하기만 했다

행복플러스 지역아동센터에 왔다

선생님이 계시고 친구들이 있다

함께 있는게 너무 좋다

가족의 소중함

가예진

　나에겐 지우고 싶은 기억들이 있습니다. 난 지금도 그 기억들을 떠올리면 눈물이 뚝뚝 떨어집니다. 남들과 다른 나는 더 씩씩하게 지내려고 열심히 노력하는데 내 마음이 날 안도와줍니다. 나는 마음을 추스러보는데 마음이 계속 속상하고 울고 싶다고 눈물을 보냅니다. 난 남몰래 눈물을 훔치고 남들보다 더 노력합니다. 난 어릴적 엄마와 아부지가 싸우는 것을 보며 자랐습니다. 그렇기 때문에 난 1분이 1시간 같았고 하루가 일년같이 하루하루가 무섭고 괴로웠습니다. 그래도 내 곁에 항상 있어준 사람은 언니였습니다. 그래도 나는 언니가 있어서 그 두려움이 조금이나마 없어지곤 했습니다. 나는 아부지와 엄마가 이혼할 때 이제 그 공포 속에서 빠져나올줄 알았습니다. 하지만 또다른 시련이 나와 우리 언니한테 들이닥쳤습니다. 그나마 괜찮아졌지만 엄마가 없는 날은 꿈도 꾸기 싫었습니다. 아부지가 밤늦게 들어오기 때문에 나는 언니와 방에서 단둘이 시간을 보내야했습니다. 하지만 엄마가 제일 그리웠을 때는 학교에서 행사를 할 때 내 또래의 애들이 엄마와 손을 잡고 해맑게 웃으며 걸어올 때입니다. 그때 나는 친할머니와 손을 잡고 걸어왔어야 했습니다. 난 그 때가 너무 창피하고 싫었습니다.

그래서 그 아픔들이 내 마음속에 쌓여 지울 수 없는 상처가 되고 말았습니다. 커서도 지울 수 없는 상처…… 난 그 상처들을 짊어지고 지금까지 힘든 티 안내고 꾹 참아왔습니다. 지금 생각해보니 나보다, 우리 언니보다 더 힘든 사람이 있다는걸 알았습니다. 그게 바로 우리 아부지였습니다. 나는 우리 언니가 있기 때문에 조금은 참을 순 있지만 우리 아부지는 지금까지 혼자서 견뎌왔을 것입니다. 난 그게 더 마음이 아픕니다. 어른이기 때문에, 우리 가족의 힘이자 가장이기 때문에 우리에게도... 아무에게도 눈물을 보이고 싶지 않았을 것입니다. 난 그것도 모르고 내가 제일 외롭다고 생각했고 내가 제일 힘들거라고 생각했습니다. 아, 후회가 됩니다. 내가 한번이라도 아부지의 마음 알아줬다면 더 이해하고 존중할 수 있었을텐데, 후회되고 또 후회됩니다. 내가 지금이라도 가족의 사랑을 깨달았으니까 가족에게 더 잘해주고 나처럼 힘들어하는 사람들이 없도록 용기를 주고 위로를 해줘야겠습니다. 나보다 힘든 사람들이 더 많을 텐데 내가 너무 이기적이었나 봅니다. 나는 그 사람들을 볼 때마다 내 자신이 아무것도 아니라고 생각합니다. 우리 아부지, 친할머니, 친할아버지, 언니, 나 까지 모두들 우리 서로 사랑하고 아껴줍시다. 사랑해요~

집으로 가는 길

김은정

집에 가는 길에
수많은 고양이가
지나간다

야옹 야옹 야옹
엄마품 고양이
생선도둑 고양이

집에 가는 길에
수많은 강아지가
지나간다

멍 멍 멍
화내는 강아지
웃는 강아지

드디어 우리집

아버지

김은정

아버지,

'저 다녀왔습니다.' 라고 하면

아버지가 항상 하시는 말 '그래, 다녀왔니?'

나는 네!

그리고는 문을 닫는다

아버지,

오늘 내가 시험 점수를 보고 놀랐다.

오늘 시험을 망쳤다

아빠한테

'아빠!' 하고 작게 말했다

아빠는 못들으셨나?

어쩌지?

공부 때문에

김은정

공부 때문에
울고 싶었던 적이 많았다

항상 어른들이 하는 잔소리
"공부!", "공부 좀 해, 책 좀 읽어라"

공부는 늘 그렇다
하면 재밌을 때가 있지만
하기 싫을 때도 있다

공부를 하고 있을 때는 보지도 않으시면서
공부하려고 맘 잡고 하려는데 잔소리

다 우리를 위해서라고 하면서도

우리에겐 잔소리로 들려요

잔소리를 들으면 들을 수록 자신감이 푹 푹 떨어진다.
자신감뿐만 아니라 눈물도 뚝 뚝

다같이

김은정

다같이
놀면
혼자 노는 거 보다 재밌고

다같이
밥 먹으면
혼자 먹는 거 보다 맛있고
다같이
TV를 보면
혼자 보는 거 보다 재밌고

다같이
있으면
이렇게 다 같이 하면 좋다

우리 아빠

김은정

　저희 가족은 5명입니다. 나, 두나, 태건, 엄마, 아빠 이렇게 있습니다. 저는 아빠에 대해 쓰려고 합니다. 저희 아빠는 무섭습니다. 저만 아니라 동생들도 무서워합니다. 하지만 아빠가 싫은 건 아닙니다. 아빠가 무서운 이유는…… 아빤 꼼꼼하십니다. 테이프 같은 것도 부칠 때 제대로 붙지 않으면 다시 붙이십니다. 조금이라도 게으르거나 뭔가 조금이라도 잘못을 했으면 혼내십니다. 하지만 그건 저희 잘못이어서 혼나는 것이지만 혼날 때마다 울고 싶습니다. 아빠가 혼낼 때 저만 혼내는 것보다 다 같이 혼나는데 동생들이 슬픈 표정을 할 때마다 슬픕니다. '차라리 나 혼자 혼내지. 내가 언니인데 내 잘못인데' 라는 생각을 합니다. 나 혼자 혼날 때도 있지만 괜찮습니다. 동생이 슬프지 않다면 저는 아빠가 혼내시는 이유를 알고 있습니다. 하지만 이야기 하지 않습니다. 아빠도 혼낼 때 슬프실 겁니다. 아빠가 우신 것을 딱 한번 봤습니다. 엄청 슬펐습니다. 저는 누구 든지 울지 않았으면 좋겠습니다.

두근두근

이경민

    내 심장은 빠운스 빠운스 소리가 난다. 잘 때 두근 두근 운동할 때 빠르게 두근두근 발표할 때 2배 빠르게 두근두근 소리가 난다.

    나는 두근두근 소리가 리듬 소리인 것 같다.

두근두근 두근두근
내 심장은 생명이다

우리 가족

이경민

　내가 세상에서 가장 존경스러운 아빠는 봐도봐도 너무나 존경스럽다. 이유는 아빠는 직업이 목사님이시기 때문이다. 웬만하면 직업이 회사원이나 다른 직업을 택했을 텐데 아빠는 목사님을 택했다. 나는 이해가 된다. 왜 목사를 했는지를. 그 이유는 세상 창조를 하신 하나님을 사람들에게 믿게 하려고 목사를 택했을 것이다. 지금 이 세계는 하나님을 믿는 사람이 별로 많지 않다. 그렇지만 아빠는 하나님을 믿고 엄마랑 결혼을 하고 목사가 되어서 사람들한테 전도를 하고 있다.　아빠의 영향을 받아서인지 목사님이 되고 싶다. 나도 목사가 되어서 하나님이 얼마나 훌륭한 분인지를 전하고 싶다. 그래서 나는 아빠의 모든 것을 존경한다. 아빠 엄마 사랑해요. 그리고 저를 태어나게 해주셔서 고맙습니다. 저의 꿈을 향해 함께 나아갈게요. 그리고 내 동생 경호는 장난도 많이 하고 나랑 다툴 때도 있지만 경호는 마음이 착하다. 그래서 지금처럼 쭉 잘 크고 잘 자랐으면 좋겠다. 그리고 여동생 애은이는 나랑 많이 다툴 때가 많다. 그래서 나는 무척 후회한다. 내가 왜 때렸을까. 그냥 말로 할걸. 그래서 나는 애은이를 잘 크게 만들고 싶다. 올해 어린이집은 잘 다니면 좋겠다. 그리고 애은이랑 많이 싸우지 말아야겠다고 생각한다. 우리 가족은 지금처럼 평화롭게 지냈으면 무척 행복하고 좋을 것 같다. 우리 가족 사랑해요.

칠판

이경민

나는 아이들이랑 노는데
어디에서 탁탁탁
자꾸 소리가 난다.

나는 탁탁탁 소리 내는
곳으로 갔는데
우리 반이었다.

그래서 교실에 들어가 보니
선생님이 분필로
알림장을 쓰고 계신다.
나는 머리에 탁탁탁
자꾸 소리가 난다.
내 머리는 리듬 머리인 것 같다.

누나

최태규

누나는 고3이다. 인생 중 가장 미칠 시기이다. 그래서 우리 가족은 누나를 많이 배려해주고 있다. 그런데 이 사람이 호의가 계속되면 권리인줄 안다. 본격적으로 나를 힘들게 하는 가족인 누나 얘기 해보겠다.

누나는 아침부터 난리이다. 누나가 알람을 6시 반에 맞추어 놓는다. 하지만 누나는 알람소리를 듣지 못하고 계속 잔다. 그 소리에 우리 가족이 다 깬다. 그리고 학교에 가 야자를 하고 10시에 온다. 누나가 집에 오면 우리에게 학교에서 있었던 일들을 이야기 한다. 이야기하며 잘 웃다가 갑자기 입을 내밀며 짜증을 낸다.

어이가 없어서 우리는 말이 없다. 그리고 누나는 방 문을 쿵! 닫고 나오지를 않는다.

이렇게 평일이 반복되고 토요일을 지나 일요일이 올 때 누나하고 나는 같이 교회에 간다. 우리 집에서 누나는 그닥 좋지 않은 이미지이지만 교회에서는 굉장히 착하고 좋은 이미지로 보이고 있다. 어장관리가 굉장히 심한 것 같다. 2개의 인격체를 가지고 있는 것 같다. 교회에서 예배를 드린 후 다 같이 식당에서 밥을 먹는데 누나가 나한테 친절한 척을 하는 것이 심히 불편하다. 교회 사람들이 우리 누나 최혜린씨의 실체를 알아냈으면 좋겠다.

먹을 것도 누나 것, 노트북도 누나 것, 모든 것이 누나 것이다. 우리 집은 누나 위주로 흘러가는 것 같다. 과연 누나는 언제쯤 철이 들까, 성인이 되면 철이 들까 라는 생각을 요즈음 종종 하게 된다. 가끔씩은 누나가 매우 짜증나고 얄밉고 치사하다. 그러나 누나는 우리 가족이고 나와 같이 자라온 한 사람이다. 그리고 누나는 '고삼' 정말 미칠 시기이다. 이런 누나 내가 조금 배려해서 이해해 줘야 하지 않을까?

영어

최태규

동사

명사

형용사

과거분사

현재완료

가정법

굳이 우리말 냅두고

배워야 하나?

시험 끝

최태규

시험이 끝났다
마음이 설렌다
못간 PC방도 가고
친구들하고도 놀고
마음껏 TV도 보고
음……
시험이 끝나면
막상 할 게 없다

중학교 3학년

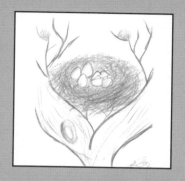

눈물

가예린

기쁠 때 나오는 눈물
슬플 때 나오는 눈물
아플 때 나오는 눈물
누군가가 그리울 때 나오는 눈물
이 눈물들의 의미는 다 다르다

나를 위해 너를 위해

가예린

내가 힘들 땐 너가
너가 힘들 땐 내가
서로 힘들 땐 서로가

돕고, 나누며 더 친해지고
가까워지는 시간이 되며
서로는 하나뿐인 친구가 된다

인어공주의 사랑

가예린

그 사람을 사랑하게 되면

그 사람을 위해 배려하고

그 사람을 위해 존중하고

그 사람을 위해 희생하는 것

그 사람을 정말 죽도록 사랑한다면

못할 것도 없다

부산 여행

가예린

첫째날에는 센터에 모인 시간 7시 40분 출발한 시간은 약 8시쯤... 가는 도중에 휴게소를 2번 들렀다. 휴게소에서 초코우유 사먹고 버스에 올라탔다. 6시간을 달려 식당에 도착했다. 식당에서 돈까스를 먹고, 숙소에 가서 좀 쉬고, 방 배정하고, 해운대 가서 사진 등 찍고, 바로 옆에 있는 아쿠아리움에 가서 상어 먹이 주기 쇼를 봤다. 그리고 다시 해운대에 가서 해운대 길을 걷고, 저녁밥을 먹으러 식당에 갔다. 나는 두나와 김치찌개와 갈비탕을 나눠먹었다. 김치찌개가 무지 짰다. 저녁밥을 먹은 후에 숙소로 가서 씻고 잤다.

둘째날에는 일단 일어나서 밥을 먹고 씻고 일찍 모인 조부터 나갔다. 버스를 타고 첫 번재로 간 곳은 감천 문화마을을 갔다. 가서 여러 가지 벽화를 보고 구경하고 사진을 찍고 모여서 버스를 타고 임시수도 기념관에 가서 이승만 대통령의 옛날 집에 가서 구경했다. 구경을 하고 점심밥을 먹으려고 버스를 탔다. 점심밥은 국밥으로 먹었다. 무지 배고팠는데 감자탕을 먹어서 좋았다. 그 다음으론 UN 기념공원에 갔다. 가서 사진도 찍었다. 이기대에 가서는 스카이워크에 가서 사진도 찍고 재밌었다. 그리고 수요예배를 드렸다. 그 전날에 먹은 것보다 훨씬 맛있었다. 그리고 숙소에 가서 생일축하를 하고 야식을 먹고 재밌게 놀았다.

가족은 사랑입니다

가예린

　저희 집에는 다섯 식구가 살고 있습니다. 친할머니, 친할아버지, 아빠, 저 그리고 여동생 이렇게 다섯 식구가 한 집에 살고 있습니다. 가족이라면 엄마, 아빠, 나, 여동생 이렇게 있어야 하는데 저희 집에는 엄마가 없습니다.

　지금으로부터 7년 전 (초등학교 1학년, 8살) 엄마, 아빠의 싸움은 이때부터였습니다. 매일 밤마다 아빠는 술을 마시고 집에 들어 오셨고, 엄마는 그런 아빠에게 화를 내시곤 했습니다. 그러면서 아빠와 엄마의 실랑이는 밤 늦게까지 지속되었고, 그걸 듣고 보는 저와 동생은 정말 그런 엄마가 너무 싫고 미웠습니다. 하지만 이런 일은 늘 저녁마다 계속 되었고, 그걸 보는 저는 정말 싫었고, 죽고 싶었고, 내가 왜 이 집에 태어났나? 라는 생각을 매일하곤 했습니다. 아침에는 엄마가 아빠의 아침밥을 챙겨주지 않았습니다. 그런 것을 볼 때마다 엄마는 정말 밉고, 아빠는 정말 불쌍해보였습니다.

밤마다 아빠는 엄마와 자진 않고 항상 저희 방에 와서 조용히 저희를 보며 생각을 하곤 했습니다. 저는그런 아빠를 볼 때마다 마음이 너무 슬펐습니다.

이렇게 1년이 지나고, 결국 아빠와 엄마는 이혼을 했습니다. 저와 제 동생은 엄마를 따라가지 않고 아빠를 따라 친척이 살고 있는 부천시 원미구 중동에 이사를 하고 살았습니다. 한 집에 아빠, 나, 동생 이렇게 살았습니다. 저희 집은 친척집과 친할머니 집이랑 가까웠습니다. 그래서 친척과 친할머께 많은 도움을 받으며 잘 살고, 학교도 잘 다니던 중 학교에 외할머니가 찾아왔습니다. 외할머니를 본 저는 외할머니를 피해서 도망쳤습니다. 이 일이 여러번 일어났습니다.

3년 후 저희는 초등학교와는 좀 더 멀리 이사를 했습니다. 이사를 하는데 친할머니께서는 저희가 걱정이 된다며 같이 살게 되었습니다. 나이가 한 살 한 살 늘어날 때마다 엄마는 머리에서 잊혀졌고, 나이 드는 아빠가 외로워 보이고 남들과 같지 않게 힘들게 사는 모습을 보니까 정말 잘 해드려야겠다라고 늘 생각했습니다. 하지만 그건 결코 쉬운 일이 아니었습니다. 더욱 말을 잘 못들었습니다. 그런 제가 정말 원망스럽고, 아빠에게는 정말 죄송스러웠습니다. 그렇게 아무 일 없이 하루 하루 살고 졸업식 날 모든 애들은 엄마 아빠와 함께 웃고 있지만 단지 나는 아빠와 친할머니, 친할아버지, 동생 뿐이였습니다. 전 정말 엄마 있는 애들이 부러웠습니다.

이제 중1이 된 저는 학부모 모임에는 엄마가 없으니 못 오고 아빠는 아침 일찍 일 나가서 새벽 늦게 들어오거나 들어오지 않는 일이 대부분이라 학부모 모임에 저의 학부모는 항상 오지 않았습니다. 전 그게 너무 싫었지만 그것을 항상 마음에 담아 둘 뿐이었습니다.

저는 그 당시 주나임교회를 다니고 있었습니다. 교회를 다니며 엄마가 생기게 해달라고, 저희 가족이 건강하게 살 수 있게 해 달라고, 정말 제가 가족들에게 효도 할 수 있게 해주세요 라고 기도를 했습니다. 하지만 그렇게 되지는 않았습니다. 엄마는 생기지 않고, 친할머니께서는 골다공증에 걸리셨는데 최악이라고 하고, 공부로도 효도 하고 싶었지만 공부는 잘 하지 못했습니다. 하나님께서는 아직 저의 기도를 들어주시지 않으셨습니다. 하지만 이것은 하나님의 계획이라 생각을 하며 매일 매일 기도를 할 것입니다. 저는 하루 하루 친할머니와 친할아버지, 아빠를 볼 때마다 눈물이 나고 정말 꼭 효도 해야겠다라고 생각을 했습니다. 지금 우리 가족이 이렇게 힘들지만 분명 나중엔 우리 집이 잘 될 것입니다. 내가 이 집에서 태어나서 원망도 하고 했지만, 지금의 난 지금의 우리 가족이 정말 좋습니다.

난 나의 꿈인 요리사가 돼서 유명해지고, 돈을 많이 벌어 친할아버지, 친할머니, 아빠에게 효도를 하고, 나처럼 힘들게 사는 어린이들을 도와주러 봉사를 다니고 그런 어린아이들을 위해 기도도 해서 많은 어린 아이들에게 도움을 줄 것입니다.

앞으로 나는 우리 가족이 아프지 않고 건강하고 행복할 수 있도록 기도 할 것입니다.

알록달록 무지개

남예나

알록달록 무지개
빨주노초파남보
아름다운 색깔들이
하나하나 빛을 낸다.

오늘도 맑은 하늘에
알록달록 무지개가 떴다
아름답다! 멋지다!
계속 그것만 바라본다.

분필 미사일

남예나

6교시 도덕 시간
방금 체육하고 와서
너무 졸리다
점점 눈이 감긴다.

나도 모르게 책상에
얼굴을 박았다.
그 때 분필이 날라 왔다.
미사일인줄 알고 깜짝 놀랐다.

엄마에게

신은수

엄마 안녕하세요
이건 비밀인데
수학 점수가 안 좋을 거예요
기대 X

도덕은 기대해도 좋아요 하하
내일 일본어, 영어를
보는데 기도해주세요

시험 보는데 필요한 뇌를
만들어주셔서 감사합니다
사랑합니다

『인어공주』에 대하여

신은수

보통 아이들이 보는 동화랑은 많이 다르다. 이질감을 느꼈다. 또 인어로써의 삶을 포기하고 죽지 않는 영혼을 얻고 왕자와 결혼하기 위하여 마녀와 거래하였으나 실패하고 물거품이 된 뒤 갑자기 너는 죽지 않는 영혼을 가질 수 있다고 얘기한다. 이 내용에서도 이상함을 느끼고 아이들이 보는 것으로 적합하지 않다고 생각한다. 한 편의 잔혹동화 같다고 느꼈다. 또 왕자는 인어공주의 얼굴을 확인한 걸로 나오는데 왕자는 안면인식장애가 있는 것 같다.

라바

유미

꼬물 꼬물 꼬물 꼬물

꼬물 꼬물 꾸물 꾸물

꼬물 꾸물 꼬물 꾸물

노란 놈, 빨간 놈, 노란 놈, 빨간 놈

빨간 놈, 노란 놈, 빨간 놈, 노란 놈

날 봐라 봐

이불

정인영

어릴 적엔 슬플 때나 힘들 때
엄마 품에 안겨 울면
엄마가 날 달래줬다.

이젠 슬플 때나 힘들 때
이불에 안겨 울면
이불이 날 달래준다.

아빠

정인영

묵묵히 일만 하다가
집에 와서도
묵묵히 아빠의 자리를 지킨다
항상 아무 말 없이
우리를 걱정해주고 사랑해준다
그런데도 우리는 아빠의 고생도 모르고
사랑도 모르고 감사한 줄도 모른다

사랑하는 우리 아빠 오늘도 묵묵히……

가족 사랑

정인영

 우리 가족은 몇 년 전만해도 냉기가 흘렀던 것같다. 냉기가 아니라 서로 배려 없이 자신만 생각하면서 살았다. 엄마와 아빠가 결혼을 하고 오빠랑 나를 낳고 네 가족이 살아오면서 아빠는 항상 혼자였다. 지금 확실히 기억나는 건 아니지만 생각나는 건 어딜 가고 뭘 먹고 할 때 내 기억 속에는 아빠와 함께 했던 건 별로 없다. 그래서 그런 건지 지금까지 아빠와 오빠 사이에는 거리감이 느껴진다. 서로 말도 별로 안 하고 배려도 없고 나는 그래도 딸이라서 아빠한테 애교도 부리고 장난도 친다. 오빠랑 아빠가 다른 집처럼 운동도 하고 목욕탕도 가고 그랬으면 좋겠다.

 우리 엄마는 어렸을 때 아무런 잘못 없이도 상처받고 설움 받았다. 그래서 외할머니가 조금 많이 밉다. 지금이라도 엄마가 어렸을 때 받지 못한 사랑도 받으면서 행복하게 살았으면 좋겠다. 우리는 지금 하고 싶은 거 다하면서 살고 있는 거처럼 보이지만 아빠든 엄마든 하고 싶은 거 참고 사고 싶은 거 참으면서 오빠랑 나를 위해 최대한 뭐든 해주시려고 하신다. 그래서 나는 부모님을 호강시켜드리고 싶다. 내가 공부를 열심히 해서 성공하고 싶은 가장 큰 이유다. 또 우리 아빠는 정말 성실하시고 장난 끼도 많고 나름 자상하시다. 가끔 짜증내는 게 가장 큰 흠이다. 엄마에 대해서는 할 얘기가 많은데 아빠에 대해서 할 얘기는 딱히 없다. 그냥 나를 많이 사랑한다는 거 빼고는. 우리 오빠는 아빠를 닮았나보다. 장난도 많이 치고 활발하고 근데 엄마나 아빠한테 짜증내는 모습을 보면 정말 너무 꼴뵈기 싫을 정도로 싫다. 그래도 고 3이라고 공부도 열심히 하고 가끔 오빠가 싫을 때마다 이번 세월호 사고를 생각하면서 오빠가 건강하다는 것만으로도 감사해야겠다고 생각한다.

이젠 우리 가족이 서로 사랑하고 배려하면서 건강하게 오래오래 행복했으면 좋겠다. 그냥 존재만으로도 의지가 될 수 있도록.

큰 삼촌네

정인영

 양평 '큰 삼촌네' 와서 먹은 기억밖에 없다. 딸기 따면서 딸기를 먹고 열심히 딴 딸기로 경단도 만들고, 잼도 만들고 나서 민물고기 숭어 잡이를 하고, 구워먹고 또 부침개를 엄청 많이 먹고 산에 가서 나무에 매달려있는 해먹도 타고, 나무에 매달려있는 그네도 타고, 잣도 먹고, 여러 가지 놀이도 하고, 삼겹살먹고 화덕 피자 먹고, 저녁에 라면 먹고 간식으로 과자 먹고 다음날엔 산에 가서 박쥐보고, 체험을 하면 다 먹거리로 연관되어 있어서 쥐불놀이 하고, 재밌고, 다양한 체험을 많이 했는데 그래도 제일 재밌었던 것은 숭어잡기였다.

 들어가기 전에는 신기했지만 숭어의 촉감을 상상해보니깐 징그러웠다. 들어갔는데 자꾸 물고기들이 내 발을 지나다녀서 소스라칠 정도로 놀라서 소리 지르고 그래도 나보다 어린애들도 만지는데 한참을 숭어랑 씨름하다가 나랑 비슷한 나이 애들도 똑같이 머뭇거리는 모습이 너무 재밌었다. 그래도 사진에 남기고 싶었는데 용기내서 사진 찍고, 어린애들보다 무서워해서 부끄럽다는 느낌도 들었지만 용기 있게 잡아보고 숭어랑 사진으로 추억을 남긴 게 좋았다. 다잡고, 숭어를 불에 구워서 바로 먹었는데 한바탕 소동을 벌이고 먹어서 그런지 맛있었다.

고등학교 1학년

뻥튀기

김혁수

내가 더 어렸을 때는
시장에서 뻥튀기를 팔았다
우리 할머니는
동그랗고 넓은 뻥튀기를 사주셨다

요즈음
일주일에 두 번씩
집 앞에 뻥튀기 파는 차가 온다

옛날이 그리워
가슴이 아프다

번데기

김혁수

우리가 어렸을 땐
고작 애벌레였지
할 수 있는 일은 꿈틀거리는 것 뿐
할 수 있는 일은 없었지

그런데
그 애벌레가 번데기가 되고
나비가 되어 날아가겠지?

나는 언제 날아갈 수 있을까?

무지개 같은 것들

김혁수

세상은 무지개 같다
학교도 무지개 같다
교과서도 무지개 같다
선생님도 무지개 같다
공부도 무지개 같다
시험도 무지개 같다
커플들도 무지개 같다

무지개 같은 것들
참 예쁘다

색연필

김혁수

연필들은 겉은 참 예쁘다
그런데 속은 새까맣다

하지만
색연필은 겉과 속이 모두
알록달록 참 예쁘다

요즘은
연필같은 사람이 참 많다

나는
색연필 같은 사람이다

검은 색연필!!!

나비

김혁수

나비는 모두
이쁘고 멋지다

요즘 사람들은
하나같이 나비처럼 이쁘고 멋지다

나는
나방인가 보다

우리 가족

김혁수

우리 가족은 현재 아빠와 나 이렇게 둘 뿐이다. 할머니가 계셨는데 할머니랑 추억이 많다. 생선을 좋아했던 유딩시절에 생선을 먹다가 목에 가시가 걸린 적이 있다. 그때 할머니가 손으로 가시를 빼낸 적이 있다. 그리고 내가 맛있는 거 사달라고 징징대면 할머니가 시장에 가서 뻥튀기를 사주셨다. 그때 먹었던 뻥튀기가 왜인지 모르지만 달고 바삭바삭한게 엄청 맛있었다. 하지만 내가 뻥튀기를 사서 먹으면 그 맛이 나지 않아서 할머니가 생각난다. 이렇게 쓰고보니 할머니와의 추억은 먹을 거에 대한 것 뿐인거 같다. 만약 옛날로 다시 돌아간다면 할머니와의 추억을 더 만들고 싶다. 같이 시장투어를 한다던가 맛집투어 같은 거 말이다. 할머니 보고싶다.

아빠는 화를 참 많이 낸다. 아침밥 안 먹어도 화가 나고, 살짝만 늦게 들어와도 화가 나 있다. 근데 진짜 화내신 적이 몇 번 있다. 자전거, 오토바이 절도로 경찰서에 끌려갔을 때 엄청 화가 나서서 나에게 말 한마디 안 하신적도 있고, 담배 피다 걸려서 죽도록 맞은 적도 있다. 하지만 이건 옛날 얘기다. 지금 이것들을 생각해보면 화가 아니라 걱정이라고 생각한다.

아빠가 언제 한번은 술을 드시고 집에 오신적이 있는데 나를 자기 방으로 불러서 왜 이렇게 점점 이상한 길로 가니 하면서 눈물을 살짝 흘리신 적이 있다. 그 때 엄청 가슴이 아팠다. 그때부터 아빠가 점점 좋아지고 있다.

아빠 사랑합니다.

새벽 세시

신은정

똑딱똑딱
어느덧 세시

책장은 휙휙 넘어가고

눈은 스르륵, 스르륵 감겨가고

백지 상태
아 자고 싶다

아주 큰 배

신은정

　우리는 버스를 타고 꽤 먼 인천에 세계 어려운 나라를 돌아다
니며 후원을 해주는 정착해 있는 배를 보러 갔다. 가서 로고스
호프에 관한 얘기도 듣고 그랬다. 버스에서는 헤매서 멀미가 나
고 많이 힘들었다. 끝나고 돌아오는 길에는 배도 고프고 머리도
지끈지끈 아팠다. 센터에 도착했을 때 밥이 코로 들어가는 줄
알았다. 힘은 들었지만 좋은 경험이 되었다.

고민 상담소

신은정

　내 친구 고민상담소인 누구누구는 단발머리에 까무잡잡한 외모를 가지고 있어 예쁜 얼굴은 아니에요. 그 친구는 중학교 1학년에 들어와서 알게 됐어요. 동아리 활동을 같이 했는데 예쁘지는 않지만 털털하고 잘 웃어서 인기도 많고, 싹싹해서 선생님께 예쁨 받는 학생이었어요. 저는 소극적이었는데 그래서 말을 못 붙였어요. 그런데 어느 날 그 친구가 먼저 말을 걸어줬어요. 그러다 아주 차츰차츰 친해졌지요. 3년 내내 같은 반이었지만 내 폰의 유일한 즐겨찾기 해 놓은 친구이고, 나보다 나를 더 잘 아는 언니 같기도 엄마 같기도 한 내 고민 상담소이자 세상에서 제일 예쁜 친구예요.

사랑하는 엄마

신은정

사랑하는 울 엄마!! 나 엄마 딸 은정이야 ㅎㅎ

열 달 동안 고생해서 품은 딸이 요즘 컸다구 말을 너무 안 듣지? 그래두 내가 세상에서 제일 사랑하는 사람은 엄만 거 알지!!

커서 꼭 친구 같은 좋은 딸이 될게

엄마 사랑해♡

2% 부족해

신은정

날 먼저 소개하자면 우리 할머니의 이쁜 손녀이자 우리 엄마한테 하나밖에 없는 17살 투덜이이다.

내 소개를 했으니 우리 가족 소개를 지금부터 할 것이다. 먼저 우리 할아버지는 우리 집 식구 중 가장 나와 친밀도가 낮다. 무슨 말씀을 드리면 "가만히 있어"가 첫 마디이신 우리 집 호통쟁이이시다.

나는 세 명의 엄마가 있다. 아빠는 없지만 나는 엄마 부자이다. 우리 진짜 엄마는 행복 플러스 지역 아동 센터에서 급식선생님으로 일하시고 무뚝뚝하다. 항상 피곤하고 지쳐있고 팔이 한 결 같이 퉁퉁 부어있어서 보는 나를 항상 속상하게 한다. 두 번째 엄마는 우리 할머니이다. 우리 할머니는 나와 같이 주무셔서 이불을 가지고 항상 투닥투닥하고, 공부할 때 TV를 너무 크게 틀어 놓으셔서 별것도 아닌 일로 나는 이리 투덜 저리 투덜, 그래서 항상 죄송하다. 엄마 중 가장 마지막 엄마인 우리 이모는 내가 우리 엄마 배에 있을 때 나를 굉장히 못마땅하게 여겼다고 하는데 애기 때 내가 이모한테 "언내, 언내" 거리고 다녀서 내 걸음마도 이모가 떼 주고, 붙어살다시피 해서 지금 우리 이모는 "넌 내가 키운 거야"라고 자주 말하신다. 마지막으로 우리 집 웬수 내 동생 신은수, 천적이다. 아침에 화장실 쓰는 것부터 시작해서 아주 사소한 다툼으로 소란을 만들고 다닌다. 그래도 정말 아주 가끔 가뭄에 콩 나듯 애교를 부리는 날이 있다.

지금까지 우리 가족 소개를 하며 이야기 한 것처럼 각자 다른 성격으로 서로를 속상하게 해서 우리 집은 2% 부족하다. 그래도 표현은 잘 안하지만 서로가 서로를 가장 사랑하는 사랑스러운 애증의 관계에 속해 있다. 최근에 작년 9월 나는 우리 옆집에 사는 같은 반 남자애가 이유 없이 맞고 엄마를 욕해도 아무 말도 하지 못하는 상황을 목격했다. 그래서 선생님이 물어보셔서 말씀드린다는 게 역으로 내가 선생님께 이른 나쁜 애가 돼서 오해를 받고 속상한 일이 많았다. 참고 참다가 빵 터져서 학교에 엄마가 올 일이 있게 되었다. 요즈음 내 또래는 엄마가 와도 눈 하나 깜짝하지 않는데, 그 날 이모가 발 벗고 나서서 왔다.

다른 애들처럼 아빠가 온 건 아니지만 든든했다. 나는 이 일을 빌어서 새삼 내가 정말 사랑 받고 있다는 것을 느꼈다. 우리 집에 소란이 많고 아빠는 없더라도 언뜻 보기엔 부족해 보이지만 나를 격려해주고 위로해주는 우리 가족이 있어 정말 많이 좋고 사랑한다는 말을 전하고 싶다.

옆구리

신하영

옆구리가 시리다

겨울이 추워서가 아니다

그냥……

옆구리가 시리다

밤

신하영

밤이 왔다
어제도 온 밤이
오늘도 왔다

시간이 없다
난 늙었다

그립다

신하영

예전에 쓰던 2G폰이 그립다

예전에 살던 집이 그립다

어릴 때 부드러운 피붓결이 그립다

어린 시절 순수함이 그립다

옛날 옛적 맑은 공기가 그립다

아! 옛날이여

그립도다

여드름

신하영

청소년의 친구
여드름

터뜨리면
노랑색 친구가 나온다

이젠 그 친구와
이별할 때가 왔다

안녕~!

심장

신하영

많은 사람들 중 심장이 없는 사람은 없다

직업이나 능력에 상관없이 심장은 뛴다

누구나 좋아하는 일을 할 때 심장은 뛴다

누구나 좋아하는 사람 앞에선 심장이 뛴다

지금 여러분 심장도 뛰고 있나요?

고등학교 2학년

몰폰

남규보

오늘은 작정하고 폰을 안 냈다
쉬는 시간에 몰래 폰을 한다
점심시간에도 몰래 폰을 한다
밖에선 선생님이 돌아 다닌다
심장이 터지는 것 같다
두근 두근 두근

소나기

남규보

비가 온다
그것도 아주 많이
내 시험지에서
내 눈에서

친구1

남규보

친구는 여러 종류가 있다
항상 친한 친구, 자주 다투는 친구, 이름만 아는 친구……
좋아도 싫어도 결국 내 친구다
그러니까 좀 잘해주자

사춘기

남규보

모든 사람이 싫어지고
좋아하던 것이 싫어지고
작은 일에도 화가 나고
심지어 숨만 쉬어도 화가 난다
아 짜증나

친구2

남규보

개념이 없어도
욕을 많이 해도
역시 믿을 것은 너뿐이다

미워할 수 없는 강아지 여니

남규보

내가 중학교 3학년 때 어느날 부모님께서 강아지 한 마리를 사오셨다.

애완동물이란 햄스터 밖에 없어서 그렇게 큰 애완동물을 키운다니 설레일 수 밖에 없었다.

그리하여 우리 가족은 한명이 더 늘게 된 것이다.

새가족의 이름을 무척이나 고민했었는데 다들 의견을 내지 못하여 결국 형이 추천한 '여니'로 결정되었다. 이 이름은 사극에서 나온 '연이'라는 이름을 따온 것이었다. 흔하지도 않고 딱 좋은 이름이었다.

여니는 당연히 귀여움을 받으며 자라났다. 우리 가족은 시간이 날때마다 여니와 놀았고 시간 가는 줄 몰랐다.

하지만 배변훈련을 시킬 때가 되자 문제가 생겼다. 여니는 푸들이라 똑똑해서 배변훈련을 나름 잘 받았지만 문제는 우리였다. 다들 맨날 치우다보니 귀찮아진 것이다. 하지만 귀찮아 하

면서도 대부분 치웠는데 동생은 그러질 못했다. 여니를 귀여워
하면서 정작 귀찮은 일은 미루거나 안해버리는 것이었다.

이런 일들로 당시 갓 대학생이 된 형과 고등학교에 적응하고
있던 나, 또 중2의 동생은 싸움이 빈번하게 일어났다. 그때만
생각하면 '어떻게 참았을까?' 하는 생각이 든다.

아무튼 여니는 우여곡절을 겪으며 지금가지 지내왔다. 데려
온지 거의 2년이 다 되었는데도 여전히 말썽꾸러기이긴 하지
만,

말썽을 워낙 많이 부려서 가끔 갖다버린다는 소리까지 하지
만 결국 행동을 보면 그러질 못한다. 역시 다들 여니를 소중하
게 여기고 있는 것이었다.

맨날 말썽부리는 여니라지만 역시 나도 여니를 미워할 수는
없을 것같다.

잔뜩 화가나있어도 여니의 귀여운 얼굴과 몸짓을 보면 저절
로 웃음이 나오는걸 보면 여니는 이제는 없어서는 안될 우리의
활력소라는 생각이 든다.

어른스럽지 못한 우리 형

남규보

우리 가족의 구성원은 아버지, 어머니, 형, 나, 여동생, 강아지 입니다. 모두 사이좋고 정답게 지냅니다.

그런데 요즘 들어 형과의 마찰이 많아졌습니다. 사소한 일로 소리를 지르고 심지어 주먹까지 쓰면서 싸우는 것입니다.

형은 원래 동생을 잘 챙겨주고 정이 많았지만, 대학생이 된 후 바뀌었습니다. 아마도 자존심이 강한 사춘기 고등학생과 갓 성인이 된 대학생이 같이 있기 때문이라고 생각합니다. 게다가 앞으로의 진로에 대한 걱정, 아르바이트로 인한 스트레스가 형을 힘들게 했을지도 모릅니다. 저도 대학진학, 장래희망, 교우관계 등으로 머리가 아플 때가 많기 때문입니다.

이해는 하고 있지만 꼭 그 상황만 되면 저도 참지를 못합니다. 아무리 참자, 참자 해도 자존심 때문인지 신경질적인 말 한마디가 불쑥 튀어나오는 것입니다.

싸움이 날 때마다 항상 져주는 건 제쪽이지만 당연히 짜증난 마음은 풀어지지 않고 쌓이기만 해서 공부할 때, 책 읽을 때 등 집중이 필요한 때에 방해가 될 때도 많습니다.

이대로는 안 되겠다 싶어서 한번은 말대꾸 안하고 '알겠어' 라고만 해봤습니다. 이렇게 하다 보니 싸움은 안 나지만, 이것은 그냥 무관심이라는 생각이 문득 들었습니다. 그래서 이 방법도 포기하고 여러 가지로 노력해본 결과, '대화를 통한 해결' 이 가장 좋은 방법이라는 것을 깨달았습니다.

앞으로는 형과 문제가 생기면 진지하게 대화를 하며 해결하려 합니다.

지금 생각해보니 제가 이렇게 해결하려고 노력하는 것은 결국 가족을 사랑하기 때문이라고 생각합니다.

어쩌지?

정예린

청소 또 안했지?
오리발 내밀지마!
내 일기장 훔쳐봤지?
오리발 내밀지마!

내 과자 다 먹었지?
오리발 내밀지마!

여기서도 오리발, 오리발
저기서도 오리발, 오리발

정말 오리가 엿듣고 있다가
졸라대면 어쩌지?
내 발 내놔!

우리 반의 별명

정예린

우리 반의 별명은 담임 선생님이 만드신 것이다
우선 전체 별명은 '3분 닭대가리' 이다
그 이유는 3분만에 다 까먹는다는 뜻이다
파블로 개xx가 있다
이 뜻은 종이 치면 수업도 안 끝났는데 바로
급식실로 뛰어가는 것이다
우리 담임 쌤 재밌고 사랑해요~

쿠션

정예린

쿠션은 포근포근

베고 있으면 잠이 오네

달콤한 꿈속으로 들어가네

꿀잠을 자고 싶네

청춘

정예린

청춘은 아름답도다
청춘이란
사랑도 있고
행복도 있고
우정도 있는 게
멋진 청춘이다

우리 가족

정예린

저는 행복플러스 지역아동센터에 다니는 18살 고2 정예린입니다.

지금부터 저의 과거와 제가 살면서 힘든 점, 저의 가족에 대해 설명 합니다. 우선 저희 가족 구성원의 요즘 시대에 비하면 대가족입니다. 할아버지, 할머니, 아빠, 삼촌, 엄마, 동생, 나 이렇게 7명의 가족이 삽니다. 가족이 많아서 그런지 힘든일도 엄청 많고 기분 좋은 일도 많습니다. 오늘은 저희 가정에서 있었던 일을 가족들을 소개하면서 설명합니다. 이것은 물론 허락하셨구요. 가족은 성격이 100% 중에서 50%는 알지만 50%는 모른다고 생각합니다. 왜냐하면 자기 성격이 보여주고 싶은 부분도 있고 보여주기 싫은 부분도 있기 때문에 나도 내가 아는 50%를 여러분께 들려드리겠습니다.

뭐 나는 할아버지를 우리 가족 중에서 왕(?)대장(?) 권력을 갖고 있다고 생각합니다. 우리 집도 할아버지의 소유이기도 하고 좀 많이 성격이 있기 때문이고 저희 가족 중에서 나이가 가장 많으시기 때문입니다. 할아버지는 성격을 잘 모르겠습니다. 이럴 땐 좋으신 분 같고 이럴 땐 안 좋으신 분입니다. 가장 좋을 때에는 우리 편을 들어주실 때입니다. 예전엔 저희가 곤란한 일이 생기면 항상 먼저 달려오십니다. 하지만 가장 싫을 땐 술을 마시고 가끔씩 할머니랑 싸우시기 때문입니다. 이 일만 생기면 끔찍하고 집에 들어가기 싫습니다.

그 다음은 우리 할머니에요. 저희는 세명씩 두방을 나누어 쓰고 있어요. 엄마, 아빠, 동생 그리고 저, 할머니, 할아버지 이렇게 자요. 제가 왜 엄마, 아빠랑 같이 자고 싶은 마음은 정말 하늘 같죠. 하지만 저에게도 동생 태어나고 나서 선택권이 있죠. 하지만 할머니, 할아버지를 어렸을 때부터 많이 좋아했때어요. 그런 것도 있고 바로 침대가 있기 때문이에요. 사진 보니깐 애기때 침대에서 찍은 사진이 있었는데, 엄청 해맑게 웃고 있었어요. 지금은 후회하지만요... 저도 할머니가 좋아요. 단지, 동생이랑 절 비교하고 잔소리 할때만 싫지만 제 잘못도 있긴 있으니깐요.

그리고 우리 아빠! 우리 아빠는요... 지금 엄청 힘든시기라 아빠 성격을 몰라요. 안전하게 회사를 다니셨는데 전에 회사에서 사장님께서 사정이 생겨 직업을 잃었지만 아빠 노력으로 지금은 새로운 회사에 들어가셨어요. 좀 많이 힘드시긴 하지만요. 새벽 4시에 일어나 밤 10시쯤 일이 끝나서 돌아오세요. 좀 힘드시지만 돈을 벌 수 있어서 다행이죠? 아빠 힘내세요!

그 다음엔 가족 중에서 제일 사랑하는 우리 엄마에요 다른 사람도 좋지만 저희 가족 중에서는 완전 천사에요.

마음씨가 얼마나 좋은데요. 특히 제가 힘들 때 집에서 뛰쳐나올때 집에서 삐질 때 센타에서 혼자 겉돌고 있을 때 엄마가 가장 많이 걱정해주세요. 어제도 제가 좀 우울해서 늦게까지 안자고 멍하니 있으면서 울고 있을 때 엄마가 다가와서 부드럽게 감싸주세요. 생각하면 쓰는게 학교인데 눈물이 나네요. 그리고 마지막으로 저희 동생인데, 음... 좀 4가지는 없지만 하지만 미워할 수 없는게 동생 같아요. 그리고 제가 힘들땐 항상 위로해줬어요. 제가 키가 고민인데 한 148cm? 정도 될거에요. 근데 제가 척추측만증이 있어서 병원가서 X-RAY 찍고 봤더니 성장판이 닫혔데요. 하지만 척추를 3cm 정도 큰데요. 그래서 집에서 충격에 엄마를 안고 울고 있었는데 그때 동생이 위로해줬어요. 그럴땐 참 착한데... 뭐 자매는 싸우면서 자라잖아요. 제 동생은 공부를 잘합니다. 그리고 마지막으로 제 얘기에요. 전 아직 고2

지만 미래를 생각하면서 Ing중이에요. 아직 불안정해서 미래가 걱정, 근심이죠. 그래도 노력해서 훌륭한 어른이 되고싶어요. 그리고 저희 가족 예삐 강아지로 있었지만 병으로 세상을 떴어요. 정말 정이 많이 들었는데... 이렇게 가족 각각의 구성원이 성격이 다르지만 우리 가족이 열심히 살고 힘들땐 걱정해주는 우리 가족의 사랑이야기에요.

■ 행복+ 편집후기

　오랫동안 같이 지낸 행복플러스 아이들이라 나는 아이들의 마음까지 헤아린다고 생각해왔습니다. 하지만 아이들의 글을 읽으면서 그게 아니라는 것을 깨달았습니다. 글 속에는 아이들의 마음이 고스란히 담아 있어서 나는 당황스럽기도 하였지만 마음이 슬프고, 아이들에게 미안한 마음까지 들었습니다. 2016년에는 아이들이 쓴 글을 자주 살펴 아픈 마음이 있으면 보듬어 주고 힘든 마음이 있으면 힘이 되어 주어야겠다고 마음먹었습니다. -서승례-

'행복한 시간들을 기억하며……'

　벌써 햇수로 5년…… 재미있었던 시간, 버럭 했던 시간, 왁자지껄 거리던 시간, 참 서로 싸우고, 웃으며 재미있게 보냈던 시간들... 까칠하던 아이가 이제는 방긋거리면서 조잘조잘 얘기도 하고, 조그만 했던 아이가 훌쩍 커버린 시간들이 벌써 5년 가까이 흘렀다. 그동안 참 많은 추억들을 만든 것 같다. 이 아이들이 성인이 되면 어떠한 모습이 될지 참 기대가 크다. 이 아이들이 커서 '아~ 저러한 좋은 선생님이 있었지' 하고 기억하는 내가 되었으면 좋겠다. 멋진 성인으로 자랄 아이들을 기도하며
  -이한나-

  지난 1년여간 아동센터 친구들과 축구도 차고, 공부도 하고, 체육대회, 여름캠프 등등 수많은 활동을 함께 했다. 그리고 우리가 함께했던 그런 소중한 시간들이 소복이 쌓여서 이렇게 1권의 책으로 탄생할 줄이야! 참으로 감사한 일이다! 앞으로도 우리 아동센터 친구들과 선생님들이 항상 건강하고, 행복했으면 좋겠다. -배현서-

  (P.S. 지난여름 메르스 때부터 여태까지 책 묶느라 너무 고생하신 문영숙 선생님 항상 고맙고 사랑합니다.)

  이 글들을 쓰면서 나의 어릴 적 동심이 되살아났다. 어릴 때는 내가 쓴 글들을 친구들에게 곧잘 보여줬다. 내 글을 읽고, 재밌어하는 모습에 기분이 좋아 다음 편, 또 그 다음 편 글을 계속 이어나갔다. 하지만 중학생이 되고나니 글을 쓸 시간이 점점 줄어들었고, 내 글을 남 앞에서 얘기하고, 보여주는 것도 부끄럽다

고 느꼈다. 하지만 그래도 지금은 내가 쓴 글들이 자랑스럽고, 부끄럽지 않다. 내가 쓴 글과 다른 아이들이 쓴 글들이 모여 책으로 나온다고 생각하니 내 자신이 뿌듯했다.

책을 내기 위해 노력해주신 모든 분들게 한편으론 죄송하고 또 한편으론 너무 고맙다고 전하고 싶다. -신하영-

나는 내가 쓴 글이 책에 실릴지 상상도 못했다. 사실 평소에는 독서시간에 대충하거나 열심히 하지 않았었는데 이렇게 책으로 만들 줄 알았으면 열심히 할걸 그랬다는 생각을 하게 됐다. 또 나의 글이 책으로 만들어져서 설레고 좋은데 한편으로는 많이 부족해서 남이 볼 때 어떤 생각을 하고, 어떻게 봐줄지 걱정이 되기도 한다. 또 책이 나올 수 있게 도와주신 분들게 정말 감사드린다고 말하고 싶다. -남예나-

내가 지역아동센터를 다니지 않았더라면 내 생각과 내 진심을 글로 써 볼 이런 진귀한 기회 따윈 없었을 것이다. 내 진부하고 평범한 삶에 하나의 즐거움이 생겼다. -정인영-

행복플러스에서 내 글이 책에 실린다는 말을 듣고 나는 놀랐다. 놀란 것도 잠시 나는 어떻게 하면 잘 쓸 수 있을까? 어떻게 하면 내 글이 사람들 눈에 띨까? 하고 많은 고민에 빠졌었다. 선생님께서 도와주니 자신감도 생기고, 글을 어떻게 써야하는지도 알게 되었다. 글을 쓸때 마다 부담감과 긴장감이 넘쳐났지만 지금은 설렘과 행복만이 넘쳐났다. 글을 쓸 때 얼마나 행복한지 얼마나 설레는지 이제는 느낄 수 있다. 그래서인지 사람들은 나보고 왜 웃냐고 행복해 보인다고 칭찬해 주었다. 나는 더더욱 행복하고, 자신감과 설렘이 넘치는 아이라는 걸 알 수 있게 되었다. -김두나-

행복플러스에서 책을 낼 줄은 몰랐다. 내 글이 책에 실린다는 생각을 하니 걱정도 되고, 뿌듯하기도 했다. 이때까지는 별로 재미도 없었고, 뭘 해야 되는지도 몰랐었다. 근데 이렇게 책에 실린다고 하니까 제대로 한번 해보고 싶었다. 제대로 하다 보면 어쩌면 계속 하고 싶어질지도 모른다. 다른 청소년들이 해보지도 못하는 것을 내가 하니까 내 자신이 특별하고 자랑스럽게 느껴졌다. -가예진-

나의 생각을 글로 쓴다는 것, 어떻게 하는지 몰랐다. 그런데 독서 선생님을 만나 알게되었고, 글을 쓰게 되었다. 내 생애 제일 많은 글을 썼고, 많은 생각을 했다. 나는 글을 어떻게 시작해야하는지 어떻게 끝마쳐야하는지 몰랐으나 이젠 점점 알게 되고, 자신감이 붙었다. 내가 쓴 글이 책에 실리는 일은 없을 거라는 생각했다. 그러나 책에 내 글이 실린다는 말을 듣고, 많은 사람이 읽을 거라는 생각에 기대가 되고 뿌듯했다. 전에는 내 글이 실린다는 말에 부끄러워서 이름은 익명으로 해달라는 말을 했다. 하지만 이건 부끄러운 일이 아닌 멋진 일이라는 걸 알았다. -가예린-

내 글이 책에 나올 줄은 누가 알았나? 평범한 학생이 책에 글을 쓴다니 터무니없는 소리 같았다. 허나 좋았다. 글쓰기도 꼭 나이가 있나? 누구나 쓸 수 있다. 책으로 내는 법, 글을 쓸려고 하지 않을 뿐 모르는 것 뿐 이다. 내 글을 쓰는데 책으로 묶어진다니 기분이 좋다. 붕뜬 내 마음은 길고도 긴 말을…… 끝을 맺을 생각이 나지 않는다. -최현아-

행복플러스 최초로 책을 만든다고 한다. 처음에 글 쓰는 것도 귀찮았는데 이제 생각해보면 뿌듯한 것 같다. 내가 나중에 커서

이 책을 보게 되면 뿌듯하고, 기쁠 것 같다는 생각이 든다. 하지만 걱정도 됐다. '사람들이 내가 쓴 글들을 읽고, 안 좋아하면 어쩌지?' 라는 생각도 했지만 내 미래의 꿈이 작가기 때문에 어렸을 때부터 남들이 내 글을 본다는 생각이 문득 들면서 반응이 궁금하기도 했다. 신기하기도 하고, 기쁘고, 뿌듯한 것 같다. 앞으로도 글 쓰는걸 멈추지 않고, 재미있는 글들을 많이 쓰고 싶다는 생각이 든다. 남들이 내 이야기를 읽어준다는 점이 좋다. 책 만들기에 힘써주신 모든 분들께 진심으로 감사드린다.

   -노한음-

   내 생각. 마음에서 나온 글들, 한편, 한편 써온 것들이 책에 실리다니 정말 신기하고 기쁘다. 모두가 열심히 정성들여 쓴 글들이 한 책에 실리다니!! 사람들이 우리들의 책을 읽고 기뻐했으면 좋겠다. 센터 안에서 쓴 글들이 세상으로 나갈 기회가 있다니 우리 모두 기쁘다. -김은정-

   행복플러스 지역아동센터에 와서도, 어른이 되어 나가서도 책에 나의 글이 실린다는 건 상상도 못했다. 처음에는 하기 싫기도 했다. 글 쓰는 것도 귀찮고, 그림 그리는 것도 귀찮았다. 하지만 독서 선생님의 동화책에 내 그림이 들어간 생각을 하니까 막 하고 싶은 의욕이 생겼다. 점점 하다보니까 더욱 더 하고 싶었다. 우리 센터 책이 만들어지면 큰 서점에 들어간다니. 아주 가슴이 벅차다. 나중에 2탄, 3탄 계속 이어서 나왔으면 좋겠다. 책에 내 글이 실린다니 너무 너무 행복하다. 온 세상 사람들이 이 책을 재밌고, 좋게 봐주었으면 좋겠다. -심보희-

내가 쓴 글이 책에 나오면 엄청 좋다. 좋아서 날 뛸 수도 있다. -민지영-

처음으로 내가 쓴 글과 내가 그린 그림이 책에 나와서 기분이 좋다. -김지은-

나는 센터를 안 다닐 때 내가 글을 잘 쓰고 책에 나오면 좋겠다고 생각했는데 그림과 글이 나와서 신난다. -신하연-

처음으로 내가 쓴 시. 책에 나오면 뭔가 좀 부끄럽다. 내가 쓴 시는 책에 몇 개가 나올까? -송하경-

내가 쓴 글과 그림이 책에 나오니까 좋고 신난다. 완전 좋다.
-박단아-

진짜 내 이름이 실린 책이 나오다니 내 인생에서 생각지도 못했던 일이다. 남들한테 흔히 있는 일이 아닌데 정말 감사하다.
-함서영-

살면서 내가 쓴 글이 책에 실릴 것이라는 생각은 해본 적이 없는데 지금까지 가벼운 마음으로 써온 글들이 책에 실린다니 내 글이 책에 실린 것은 다 독서 선생님 덕이다. -남규보-

정말 못 쓰고, 초딩 같은 시가 책에 나오게 돼서 안 좋다.
-김민상-

나의 작품이 포함된 책이 만들어져서 기분이 이상하고, 신기하다. 이 책에 매우 자부심을 느끼고 기분이 앙금모띠! 하다.
-최태규-

원래 글재주도 없고, 말도 잘 못하는 학생이기에 이런 상황은

없을 거라고 생각했다. 두어보았던 일이 아니라 당황스러우나 기분이 좋다. -신은수-

내가 쓴 글이 책으로 나온다니 부끄럽기도 하지만 자랑스런 마음이 들어 기분이 참 좋다. -정예린-

솔직히 글을 쓸 당시에는 빨리 나가고 싶어서 생각나는대로 쓴 글이 책에 실리고 상도 받은게 믿기지가 않는다. 내 글이 책에 실린게 기쁘지만 한 편으로는 쑥스럽다. -김혁수-

모두 고맙습니다

우연한 기회로 지역아동센터를 알게 되고 그 곳 어린이들과 독서지도를 하며 함께 지내 온지도 어느새 4년이 되어갑니다.

아이들과 함께 매주 좋은 글을 골라 읽고 이야기를 나누고 그 이야기들을 글로 쓰기도 했습니다. 때로는 그림으로 그리기도 했습니다. 그러다보면 금세 친해지고 마음을 열게 됩니다.

여기에 모인 글들은 꾸밈없이 있는 그대로 자신들의 이야기를 쓴 것이지요.

어찌 보면 부끄럽고 감추고 싶은 이야기일지도 모르지만 자신의 이야기를 당당하게 말 할 수 있다는 것은 이미 그것을 이겨내고 꿈을 향해 나아가고 있는 자신감이라고 생각합니다.

어려운 환경 속에서도 꿈을 키워가는 아이들이 대견하고 고맙습니다.

이 책이 나오기까지는 자식처럼 아이들을 사랑하며 특별히 독서의 중요성을 귀히 여기며 아낌없이 지원해 주신 최정인시설장님과 글쓰기대회를 이름 없이 후원해 주시는 후원자님들, 출판비를 도와주신 따뜻한 손길들, 행사 때마다 작품을 심사를 해주시고 기꺼이 편집을 담당해 주신 《시와 동화》 발행인 강정규선생님께도 감사드립니다.

깊은 애정을 가지고 수고해 주신 행복플러스 선생님들, 많은 원고를 타이핑한 배현서 선생님, 자신의 생각들을 잘 써준 행복플러스 식구들 모두 고맙습니다.

-문영숙(독서지도)

메리 ♡♡   크리스마스 ♡♡

상지초교 3313   심보희